기획의 말

그리운 마음일 때 'I Miss You'라고 하는 것은 '내게서 당신이 빠져 있기(miss) 때문에 나는 충분한 존재가 될 수 없다'는 뜻이라는 게 소설가 쓰시마 유코의 아름다운 해석이다. 현재의 세계에는 틀림없이 결여가 있어서 우리는 언제나 무언가를 그리워한다. 한때 우리를 벅차게 했으나 이제는 읽을 수 없게 된 옛날의 시집을 되살리는 작업 또한 그 그리움의 일이다. 어떤 시집이 빠져 있는 한, 우리의 시는 충분해질 수 없다.

더 나아가 옛 시집을 복간하는 일은 한국 시문학사의 역동성이 드러나는 장을 여는 일이 될 수도 있다. 하나의 새로운 예술작품이 창조될 때 일어나는 일은 과거에 있었던 모든 예술작품에도 동시에 일어난다는 것이 시인 엘리엇의 오래된 말이다. 과거가 이룩해놓은 질서는 현재의 성취에 영향받아 다시 배치된다는 것이다. 우리는 현재의 빛에 의지해 어떤 과거를 선택할 것인가. 그렇게 시사(詩史)는 되돌아보며 전진한다.

이 일들을 문학동네는 이미 한 적이 있다. 1996년 11월 황동규, 마종기, 강은교의 청년기 시집들을 복간하며 '포에지 2000' 시리즈가 시작됐다. "생이 덧없고 힘겨울 때 이따금 가슴으로 암송했던 시들, 이미 절판되어 오래된 명성으로만 만날 수 있었던 시들, 동시대를 대표하는 시인들의 젊은 날의 아름다운 연가(戀歌)가 여기 되살아납니다." 당시로서는 드물고 귀했던 그 일을 우리는 이제 다시 시작해보려 한다.

기획의 말

그리운 마음일 때 'I Miss You'라고 하는 것은 '내게서 당신이 빠져 있기(miss) 때문에 나는 충분한 존재가 될 수 없다'는 뜻이라는 게 소설가 쓰시마 유코의 아름다운 해석이다. 현재의 세계에는 틀림없이 결여가 있어서 우리는 언제나 무언가를 그리워한다. 한때 우리를 벅차게 했으나 이제는 읽을 수 없게 된 옛날의 시집을 되살리는 작업 또한 그 그리움의 일이다. 어떤 시집이 빠져 있는 한, 우리의 시는 충분해질 수 없다.

더 나아가 옛 시집을 복간하는 일은 한국 시문학사의 역동성이 드러나는 장을 여는 일이 될 수도 있다. 하나의 새로운 예술작품이 창조될 때 일어나는 일은 과거에 있었던 모든 예술작품에도 동시에 일어난다는 것이 시인 엘리엇의 오래된 말이다. 과거가 이룩해놓은 질서는 현재의 성취에 영향받아 다시 배치된다는 것이다. 우리는 현재의 빛에 의지해 어떤 과거를 선택할 것인가. 그렇게 시사(詩史)는 되풀이되며 전진한다.

이 일들을 문학동네는 이미 한 적이 있다. 1996년 11월 황동규, 마종기, 강은교의 첫번째 시집들을 복간하며 '포에지 2000' 시리즈가 시작됐다. "생이 덧없고 허기질 때 이따금 가슴으로 암송했던 시들, 이미 절판되어 오래된 명성으로만 만날 수 있었던 시들, 동시대를 대표하는 시인들의 젊은 날의 아름다운 연가(戀歌)가 여기 되살아납니다." 당시로서는 드물고 귀했던 그 일을 우리는 이제 다시 시작해보려 한다.

젖은 눈

문학동네포에지 044

장석남 시집

젖은
눈

시인의 말

오,
저 물위를 건너가는 물결들
처럼.

서른넷, 初
장석남

개정판 시인의 말

고맙게도 '서른넷, 初'라고 쓴 그 아래에
나란히 이렇게 한번 더 써본다.
'쉰여덟, 初!'

그 사이를 물끄러미 들여다본다.
여전히 젖은 눈이다.

2022년 3월
장석남

차례

3부

4부

5부

1부

봉숭아를 심고

조그만 샛강이 하나 흘러왔다고 하면 될까
바람들이 슬하의 식구들을 데리고
내 속눈썹을 스친다고 하면 될까
봉숭아씨를 얻어다 화분에 묻고
싹이 돋아 문득
그 앞에 쪼그리고 앉는 일이여
돋은 떡잎 위에 어른대는
해와 달에도 겸하여
조심히 물을 뿌리는 일이여

후일 꽃이 피고 씨를 터뜨릴 때
무릎 펴고 일어나며
일생을 잘살았다고 하면 되겠나
그중 몇은 물빛 손톱에게도 건너간
그러한 작고 간절한 일생이 여기 있었다고
있었다고 하면 되겠나
이 애기들 앞에서

일모

저기 뒹구는 것은 돌멩이
저것은 자기 그늘을 다독이는 오동나무
저것은 어딘가를 올라가는 계단
저것은 곧 밤이 되면 보이지 않을 새털구름
그리고 저것은 근심보다 더 낮은 데로 떨어지는 태양

화평한 가운데
어디선가 새소리 짧게 들리다 만다
오늘 저녁은 새의 일생에 대해 생각해보기로 한다

이 시장기

서풍부

아주 가끔은 내가 죽은 후에 내가 살던 자리에 무엇이 있을까 생각도 해보고자 강물 곁에 앉아보기도 하네. 내가 죽은 후에 내가 생각하던 내 생각 안의 어머니 자리엔 또 무엇이 있을지도 생각해본다네. 날개가 투명한 잠자리 같은 게 단출하게 앉았다 갈까? 그렇게 생각하기엔 더 허해지는 그 자리가 너무 섭섭지 않은가 하여 나는 내가 죽은 후에 내가 갈대 몇 부러뜨리며 지나온 흔적 이상 그 무엇이 더 있으랄 것도 없이 그냥 뒤 보지 말자고 훌쩍 일어서며 무릎뼈 꺾어지는 소리를 듣는다네. 발등 위로 비켜 지나가는 반(半)은 저물어 차가워진 볕 자락을 이용해 눈을 식힌다네.

밤의 창변

적적한 가정의 지붕들을 바라보며
종일 선배들의 에세이를 읽었다 때로
사랑은 헤어졌다가 나뭇잎 몇 번 지게 하고는
다시 만나더군
음악은 귀를 툭툭 치며 장마 지난 밭고랑을 따라갔고
어둠은 늘 말이 없는 가장처럼
슬픔 몇 송이를 오므려 갖더군
돈을새김한 불빛들
자세히 봐도
더 자세히 봐도 이곳에 온 내 생에서
참을 만한 것은
연애를 잃은
슬픔 정도뿐이더군
약관의 나라에 태어난 것 말고는
(이제 협궤 열차도 없어지고……
남동 갯벌의 노을도 참을 만은 했었는데……)

돌멩이들

바닷소리 새까만
돌멩이 너덧 알을 주워다
책상 위에 풀어놓고
읽던 책 갈피에도 끼워두고 세간
기울어진 자리도 괴곤 했다
잠 아니 오는 밤에는 나머지 것들
물끄러미 치어다도 보다가 맨 처음
이 돌멩이들 있던 자리까지를
궁금해하노라면,

구름 지나는 그림자에
귀 먹먹해지는 어느 겨울날 오후
혼자 매인
늦둥이 송아지 눈매에 얹힌
낮달처럼
저나 나나
살아간다는 것이,
이렇듯 외따로 있다는 것이,

가여운 설레임

내가 가진 돌멩이 하나는 까만 것
돌가웃 된 아기의 주먹만한 것
말은 더듬고 나이는 사마천보다도 많다
내 곁에 있은 지 오래여서 둥근 모서리에
눈(目)이 생겼다
나지막한 노래가 지나가면 어룽댄다

그 속에 연못이 하나 잔잔하다
뜰에는 바람들 가지런히 모여서 자고
벚꽃 길이 언덕을 넘어갔다
하얀 꽃 융단이 되어 내려온다

어떤 설레임으로 깨워야 다 일어나 내게 오나
내게 가르쳐준 이 없고 나는 다만
여러 가지 설레임을 바꾸어가며 가슴에 앉혀보는 것이다

오, 가여운 설레임들

부엌

늦은 밤에 뭘 생각하다가도 답답해지면 제일로 가볼 만한 곳은 역시 부엌밖에 달리 없지.

커피를 마시자고 조용조용히 덜그럭대는 그 소리는 방금 내가 생각하다 놔둔 시 같고, (오, 시 같고)

쪽창문에 몇 방울의 흔적을 보이며 막 지나치는 빗발은 나에게만 다가와 몸을 보이고 저만큼 멀어져가는 허공의 유혹 같아 마음 달뜨고, (오, 시 같고)

매일매일 식구들을 먹여살리는 고요의 이 반질반질한 빛들을 나는 사진으로라도 찍어볼까? 가스레인지 위의 파란 불꽃은 어디에 꽂아두고 싶도록 어여쁘기도 하여라.

내가 빠져나오면 다시 사물을 정리하는 부엌의 공기는 다시 뒤돌아보지 않아도 또 시 같고, 공기 속의 그릇들은 내 방의 책들보다 더 고요히 명징한 내용을 담고 있어, 읽다가 먼 데 보는 오 얄팍한 은색 시집 같고,

궁금한 일
—박수근의 그림에서

인쇄한 박수근 화백 그림을 하나 사다가 걸어놓고는 물끄러미 그걸 치어다보면서 나는 그 그림의 제목을 여러 가지로 바꾸어보곤 하는데 원래 제목인 '강변'도 좋지마는 '할머니'라든가 '손주'라는 제목을 붙여보아도 가슴이 알알한 것이 여간 좋은 게 아닙니다. 그러다가는 나도 모르게 한 가지 장면이 떠오릅니다. 그가 술을 드시러 저녁 무렵 외출할 때에는 마당에 널린 빨래를 걷어다 개어 놓곤 했다는 것입니다. 그 빨래를 개는 손이 참 커다랬다는 이야기는 참으로 장엄하기까지 한 것이어서 성자의 그것처럼 느껴지기도 합니다. 그는 멋쟁이이긴 멋쟁이였던 모양입니다.

그러나 또한 참으로 궁금한 것은 그 커다란 손등 위에서 같이 꼼지락거렸을 햇빛들이며는 그가 죽은 후에 그를 쫓아갔는가 아니면 이승에 아직 남아서 어느 그러한, 장엄한 손길 위에 다시 떠 있는가 하는 것입니다. 그가 마른 빨래를 개며 들었을지 모르는 뻐꾹새 소리 같은 것들은 다 어떻게 되었을까. 내가 궁금한 일들은 그러한 궁금한 일들입니다. 그가 가지고 갔을 가난이며 그리움 같은 것은 다 무엇이 되어 오는지…… 저녁이 되어 오는지…… 가을이 되어 오는지…… 궁금한 일들은 다 슬픈 일들입니다.

해도 너무한 일

이제 겨우 배가 떠서 기어다니기 시작하는 첫애기에게 봉숭아 꽃물을 들여주겠다고 덤비는 엄마가 있었으니 그건 해도 너무한 일.

아이와 실랑이를 하는 엄마에게 남편은 핀잔은 주어도 그 맘속에는 엄마와 한가지인 어떤 게 있던 터라 외면하며 바라보는 여러 가지가 다 꽃 피어나듯 잔잔한 물결 속인데, 그렇기는 해도 그 예닐곱 달 된 애기에게 봉숭아 꽃물을 들이겠다고 한 것은 너무하긴 너무한 일이다.

초승달에서

어스름 막 지난 때
노란 불을 하나 켜서 맞는
마지막 저물어가는 하늘빛 속으로
오너라
아픈 사람의 이마를 짚는 손길처럼
떡쌀에 머무는 흰빛처럼*

오늘 하루
마음에 가장 오래 머문 일,
시들어 떨어지는 분꽃들
눈여겨 바라봐야 했던 일
말갛게 삭이러

허공을 파낸 이 풀씨만한 석굴(石窟)로
분꽃이 지듯,
오너라
분꽃이 지듯

* 이성복의 시 「세월의 습곡이여, 기억의 단층이여」 중 "명절 떡쌀에 햇살이 부서질 때"에서.

국화꽃 그늘을 빌려

국화꽃 그늘을 빌려
살다 갔구나 가을은
젖은 눈으로 며칠을 살다가
갔구나

국화꽃 무늬로 언
첫 살얼음

또한 그러한 삶들
있거늘

눈썹달이거나 혹은
그 뒤에 숨긴 내
어여쁜 애인들이거나

모든
너나 나나의
마음 그늘을 빌려서 잠시
살다가 가는 것들
있거늘

자전거 주차장에서

새로 생긴 아파트 입구
자전거들이 순하게
나란히들 서 있다
으레 부서진 것이
가운데
기우뚱 묶여 있다
(알고 보면 다 묶여 있다)
아이들이 떨어뜨리고 간 말소리들이
흩어져서
청색이다

웬일인지
어제보다는 몇 대 줄었다
봄은 간 모양이다
팥배나무에 꽃은 없어지고
이파리 사이로 하늘이
나풀댄다

팥배나무에 딸린 고요가
밤새 하늘을 꿰매고 있으나
소용없는 걸 보면
이 봄에
어른이 되는 아이가 있나보다

살구나무 여인숙

—제주에서 달포 남짓 살 때

마당에는 살구나무가 한 주 서 있었다
일층엔 주인이 살고
그 옆에는 바닷소리가 살았다
아주 작은 방들이 여럿
하나씩 내놓은 창엔
살구나무에게 온 하늘도 살았다
형광등에서는 쉬라쉬라 소리가 났다
가슴 복잡한 낙서들이 파르르 떨었다
가끔 옆방에서는 대통령으로 덮은
자장면 그릇이 나와 있었다
감색 목도리를 한 새가 하나 자주 왔으나
어느 날 주인집 고양이가
총총히 물고 걸어가는 것이 보였다
살구나무엔 새의 자리가 하나 비었으나
그냥 맑았다 나는 나왔으나 그 집은
그냥 맑았다

2부

외딴집

겨울 이른 아침
맑은 공기 속에
싸락눈 쏟아지기 시작하자
동그마한 흙 마당에
나보다도 더 작은
하느님들이
여기저기에서 들떠
왔다갔다하시네
살구나무들이
뿌리를 가지런히 하는 소리
싸락눈 제일 많이 쌓이는
그 그늘
모퉁이에서 들리네

솔밭길
— 웃골

만삭의
둥근 달을 태운
검은 솔밭길
비범하기만 한 한 사람이
막 지나간 듯한
그 아래
솔 그늘 사이로
일가를 이루어
나직이 흐르는
소리들에
귀기울이러 온
수수밭 언덕이며
바다에서까지 올라온
마른 개울들

솔밭길은 저 달을
마침내는 어떻게 하려나
어떻게 하려나
우리는 이 육신을,
새끼들을, 마침내는
어떻게 하려나
다만 술렁이며 어디까지고
태우고 갈 뿐인가
그러다가 어느덧 건넛산 마루에

넘길 뿐인가

하나도 힘겨워하지 않고
술렁이며 달을 태운
솔밭길
그저 마른침을 삼킬 뿐인
언덕이며
개울들

솔바람 속
— 백담사 윗길

솔바람 소리 아래
바삭대는 길이 있었다
길을 따라 오르던 오막살이가
기슭에는 있었다
무릎을 오그리고 있었다
아궁이의 말간 불빛은
솔바람 속 일들을 궁금해하고 있었다

싸락눈이 내리고 있었다
민가까지 내려가 새끼 쳐 올라가는
길이 좁았다 새앙쥐는
새파래진 귀를 달고는
반은 오막살이에게도 또 반은
솔바람 소리에도 궁금증을 주면서
바삭대고 있었다

솔바람의 일생으로 잠시
이적해가는 바삭대는
바스락대는 길이었다

불빛은 여전히
조금은 더 환해지기도 하면서
말갛게 있었다

나의 유목(遊牧)

저벅저벅
빈 숲속을
큰 발걸음으로
그러나 느릿느릿
거북처럼 지나가는
정월 보름달
얼음 풀린 물에 낯 씻은
정월 보름달
하늘의 관자놀이를 빛내며
어딜 가시나

저 달이 무겁게 끌고 가는 짐수레 위에
내가 앉아 있네

—대상(隊商)들은 별자리들을 데리고 간다
—등에 별자리들을 지고 가서 그것들로 무덤을 만든다
—가뭄 같은 서글픔이 죽은 소나무 아래로 상엿소리를
들여온다

밤비

밤비는,
참으로 멀리서부터 밤비는
왔구나
낙숫물에 깎이는
섬돌귀는
이 비와 같이 다니느라
뭉툭하게 닳아졌고
나는 새로 선 비석처럼 귀를 세우고
아득한
비의 여정을 엿듣는다

이 시간
오동잎 뒤에 세워둔
푸른 잠은 깊어지고
(푸르다니!)
푸른 잠이
너울대며 가는 길도
밤비의 걸음을 닮았다
그렇지, 밤비 후득이는
오동잎이
우리 생이지
후득여도 너울대는 게
그게 생이야

소주 생각 간절한 밤비 속
우리 생이야

오동잎 박차며
코너 워크 하는 밤비 소리

귀의 골짜기에
흙탕물이 가득찼다
모두 지나가면

차고 단단한 가을물이
무릎에 구름을 앉히고
동냥밥을 먹는,
또는 손 탁탁 털고
쫄쫄 굶는
그게 생이지
그게,
그것이,
우리 생이지

속삭임

솔방울 떨어져 구르는 소리
가만 멈추는 소리
담 모퉁이 돌아가며 바람들 내쫓는
가랑잎 소리
새벽달 깨치며 샘에서
숫물 긷는 소리
풋감이 떨어져 잠든 도야지를 깨우듯
내 발등을 서늘히 만지고 가는
먼,
먼, 머언,
속삭임들

민가

착하게 살아야 천국에 간다
과연 이 말이 맞을까
저녁 햇빛 한줌을 쥐었다 놓는다
초록을 이제는 심심해하는
8월의 가로수 나뭇잎들 아래
그 나뭇잎의 그늘로 앉아서
착하게 살아야 천국에 간다는 말을
나무와 나와는 지금 점치고 있는 것인가
종일 착하게 살아야 보이는 별들도 있으리
안 보이는 별이 가득한 하늘 바라보며
골목에서 아득히 어둡고 있었다
첫 나뭇잎이 하나 지고 있었다

3부

민들레

내가 밤늦도록 붙잡고 있었으나
끝내는 지워져버리고 만
몇몇 내 마음속 시구들,
그 설렘의 따스한 물무늬들을 위한

여기 호젓하고 고요한 주소지의
안타까운 묘비명들

오동나무가 있던 집의 기록 1

밀물이 부엌 하수구 구멍을 들추고 들어와서 놀자고 할 때가 있었다. 대개는 그해의 가장 추운 때였다. 물은 퍼낼 데가 없었다. 부엌에 올라온 바닷물은 그냥 막막한 기억에 넘겨둘 수밖에 없었다. 퍼낼 데 없는 그 곤궁은 박정희 대통령 각하의 영도력이 해결하지 못했다. 정오만 되면 울리던 공작창 사이렌 소리. 아버지는 벽에 대통령의 초상화를 걸었다. 그분이 든든했었나보다. 아버지는 늘 소문을 사랑한 사람이었다.

그 송현동과 화수동 일대를 전전하던 어느 가을 가까스로 빚을 얻어 집을 샀다. 도화2동, 방이 셋이었다. 하나는 세를 주는 집. 집을 구경하러 식구들이 깨끗한 옷을 입고 버스를 타고 그 집에 갔다. 담장을 넘는 오동나무 한 그루, 푸르른 잎사귀들, 문중의 어른 같았다.

10년을 살았다. 도화2동. 얽히고설키어. 가끔 문짝이 깨지고 셋방에서 아이를 낳아 떠나는 새댁들, 뒤로 울 밑에 선 봉숭아가 부지런히 꽃을 피웠다 일찍 지곤 했다.

그런 어느 해 매일 밤마다 까닭 없이 캠핑용 도끼를 숫돌에 갈다가 한 번씩 찍어보는 바람에 오동나무는 죽었다. 다음해 싹이 나지 않자 아버지는 나를 나무랐다. 그러나 웬일인지 그 다음핸가 뿌리에서 새순이 나서 자랐다. 그것이 마당을 덮는 동안 어머니는 저승을 돌아나오고 오동나무는 다시 마당을 넘어 지붕에도 그늘을 뿌렸다. 막 오동꽃이 필 무렵 누이는 그 장독대에서 떨어져 다리가 깨졌고 치매와 함께 할머니를 묻었고 나는 그 집

골방에서 몇 번의 겨울을 나고는 병을 얻고 시를 써서 시인이 되기도 했다.

오동나무가 있던 집의 기록 2

그해 여름 아버지와 나는 동네 공터를 갈아 배추씨를 뿌렸다. 유난히 넓었던 오동잎이 일찍 지더니 아버지는 아팠다. 아버지는 그해를 넘기지 못하고 그늘을 거두었다. '늬아베등가죽위에우리여덟식구가다올라탄형국이여'라고 하시던 할머니의 말씀이 생각났다. 아버지 묻고 아버지와 심은 김장배추를 뽑으러 갔다. 추운 바람 속에서 배추를 뽑으며 나는 사는 것이 참 치사하다고 생각했다.

그리고 우리는 그 집을 떠났다. 도화2동. 10년을 살았다. 얽히고설키어. 화수동 일대를 지나 도화2동을 우리는 모두 떠났다. 가도 가도 남는 앞의 아득한 길을 바라보면서 간혹은 불빛 속으로, 간혹은 어둠 속으로, 간혹은 눈물 속으로, 모두가 모두를 멀리 두고 그립기 위하여. 어디가 끝일까 궁금한 표정으로 말없이 떠났다. 간혹은 만나고 간혹은 만나지 않고. 그러나 아무것도 꿈에도 보이지 않았다. 다 지긋지긋한 삶이었다.

늦은 밤이면 베란다 창에 별이 와 빛난다. '다 괜찮아, 다 괜찮다니까.' 그러나 답변은 없다. 어머니는 새벽까지 아프지만 아무도 그 아픔의 베란다를 내다보지는 않는다. 하여 '다 괜찮다'는 말이 어머니는 그립다.

자화상

무쇠 같은 꿈을 단념시킬 수는 없어서
구멍난 속옷 하나밖에 없는 커다란 여행 가방처럼
종자로 쓸 녹두 자루 하나밖에 아무것도 없는 뒤주처럼
그믐 달빛만 잠깐 가슴에 걸렸다 빠져나가는 동그란 문고리처럼
나는 공허한 장식을 안팎으로 빛내고 있을 수밖에 없었다

사람들이 모두 외롭다는 것은 알았어도
밥을 먹고, 걸음을 걷고, 산을 보곤 하는 것이 모두 외롭다는 것은 알았어도
저 빈 잔디밭을 굴러가는 비닐봉지같이
비닐봉지를 밀고 가는 바람같이 외로운 줄은 알았어도
알았어도
다시 외로운,
새로 모종한 들깨처럼 풀 없이 흔들리는
외로운 삶

은하수야 새털구름아 어디만큼 가느냐
배거반드(vagabond)처럼 함께 흐르고 싶다
만돌린처럼 외로운 삶
고드름처럼 외로운 삶

멧새 앉았다 날아간 나뭇가지같이

내 작은 열예닐곱 고등학생 시절 처음으로 이제 겨우 막 첫 꽃 피는 오이 넝쿨만한 여학생에게 마음의 닷 마지기 땅을 빼앗기어 허둥거리며 다닌 적이 있었다.

어쩌다 말도 없이 그앨 만나면 내 안에 작대기로 버티어놓은 허공이 바르르르르 떨리곤 하였는데

서른 넘어 이곳 한적한, 한적한 곳에 와서 그래도는 차분해진 시선을 한 올씩 가다듬고 있는데 눈길 곁으로 포르르르 멧새가 날았다.

이마 위로, 외따로 뻗은, 멧새가 앉았다 간 저, 흔들리는 나뭇가지가, 차마 아주 멈추기는 싫어 끝내는 자기 속으로 불러들여 속으로 흔들리는 저것이 그때의 내 마음은 아니었을까.

외따로 뻗어서 가늘디가는, 지금도 여전히 가늘게는 흔들리어 가끔 만나지는 가슴 밝은 여자들에게는 한없이 휘어지고 싶은 저 저 저 저 심사가 여전히 내 마음은 아닐까.

아주 꺾어지진 않을 만큼만 바람아,

이 위에 앉아라 앉아라.

어디까지 가는 바람이냐.

영혼은 저 멧새 앉았다 날아간 나뭇가지같이

가늘게 떨어서 바람아

어여 이 위에 앉아라.

앉아라.

답동 싸리재 어떤 목련나무 아래서

답동 싸리재 조흥은행 뒤곁에 갔더니 번잡한 게 싫은 햇볕이며 봄바람결들이 비단처럼 늘어져 있었습니다. 담 옆에는 오래된 목련나무 한 그루가 이마를 닦으라고 손수건을 건네는 손처럼 꽃망울을 들고 서 있었습니다. 당신 부끄러움 좀 어디 봅시다 하는 격입디다그려. 먼 유곽의 처마밑에나 있을 듯싶은 사나운 허무들 저 목련이 나중에 한꺼번에 지는 것도 꼭 그것만 같을 것을 나는 미리 알아 허무한 것과, 울렁거리는 것과, 은은하고 어룽어룽한 뒤곁을 나와 하늘을 바라보며…… 어디로 남모르는 데로 좀 갔으면, 가서 눈도 좀 지그시 감아보았으면, 하는 생각을 했습니다.

끝내 저녁별을 따라나서고 마는 긴 내 그림자처럼 말이오.

달의 방 1

늦은 밤
물 먹으러 부엌에 갔다가
내 방으로 올 때
오, 나를 따라오는 게 있네
내 방까지 따라와
내 옆에 나란히 앉는 게 있네
만져볼 수 없이
함부로 바라볼 수 없이 내 옆에서
다만 느낌으로
앉아 있네

"자긴 누구지?"
"……"
멍들었던 데를 만져보듯
되돌려 받는 물음
"자긴 누구지?"
"……"

다만 시늉으로 살다가
시늉으로만 살아 있다가
지나가는 구름 그림자에
창이 가려지듯
슬그머니 눈을 감는 것인가

"자긴 누구지?"

"……"

오늘도 나는
죽음의 시늉으로
그 물음 곁에
누워보는 것이 아닌가

달의 방 2

달이 뜨지 않는 밤이 잦다
오늘도 달이 없군
어슴푸레하고도 둥그런 궁금증
달이 지나가던 창에는 매일매일
처음 보는 시간이
내 표정을 흉내내다 가고

어느 날 달은 한꺼번에
내 방마저 한아름으로 안고
떠오르려는가

달 뜨지 않는 밤이 아니라면
세상에 이러한 외진 방이 있다는 것을 나인들
어떻게 알기나 하겠나

낯선 방에서

초저녁에
빗소리
들리기 시작한다

깊은 밤에까지 빗소리
평생 옥수수 농사만 짓는 사람의 발길처럼
오르락내리락 이어진다

새벽에, 빗소리
없다 빗소리 없고
파래진 창 모퉁이에
말간 손톱달이
갸글갸글한 숨결에 씻기고 있다

온몸이 그리운 숨결이다
온몸으로 그리운 숨결이다

소묘 1

지금 그 섬마을엔
참나리꽃이 피었을 것이다.
둥굴레꽃이 피었을 것이다.
마을 미루나무엔
지난겨울 날리다가 걸린 연(鳶)살들이
돋는 새잎에 가려지고 있을 것이다.
뚱뚱감자꽃이
백옥 같은 말씀들을 피워 물고
바람에 흔들리고 있을 것이다.
둥굴레꽃은 피어서
뚱뚱감자꽃들은 피어서
환하지 않아도 될 슬픔 같은 것까지도 환한
먼 마을

소묘 2

산길은 늘상
하얀 명주실처럼
산에서 내려와
마을을 가로질러
건넛산으로 들어간다
그 언저리에서
아지랑이들이 산길을 울렁이게 한다
저녁때면 그 흔들리는 길을 걸어서
개울을 건너 바닷가로 나가는 아이가 있다
쪽물 들인 광목을 펼쳐놓은 것처럼
아주 작게 숨쉬는
앞바다 물결들과
싸르륵싸르륵
물결 소리를 받는 자갈밭
아이는 납작한 자갈돌 두어 개를 주워
다시 산길에 올라 집으로 돌아간다
손아귀 속에서 따뜻해지는
자갈돌
속으로 아이는 들어가
뼈를 안고
잠든다

소묘 3

간혹 바닷가에
이름을 알 수 없는 과일들이
떠밀리기도 하였다 이제는
고무장갑 플라스틱 장난감 들이며
빛바랜 약병들이 더 많이 떠밀린다
이제 이 동네 꼬마들은
더이상 자갈돌을 주우러
바닷가에 가지 않는다
이제는 이 조약돌 속으로
들어가지 않는다 죽은
새들이 그 안을 차지했기 때문이다
또다시 둥굴레꽃은 피었건만
뚱뚱감자꽃들이
흰 말씀들을 피워 물고 정신이 없건만
산길은 아이를 데리고 산을 넘어가
돌아오지 않는다

4부

풍화(風化)

종일
차양을
깎아대더니
하늘을 오므려서
어둠을 고이게 하고
바람은 지금
죽음을 생각하고 있다
죽음은 바람을
제 것으로 알고
놓아주지 않는다
옭매였던 것은
잘못 짠
털스웨터를 풀 때처럼
한이 없이 풀리어
새벽녘이면
죽음도 어느덧 다 닳아지고
빈 대바늘만
새벽 하늘 찬
달을 찌르고 있다
새벽 마당에는
처음 보는 발자국들
흩어져 있다

꽃이 졌다는 편지

1

이 세상에
살구꽃이 피었다가 졌다고 쓰고
복숭아꽃이 피었다가 졌다고 쓰고
꽃이 만들던 그 섭섭한 그늘 자리엔
야윈 햇살이 들다가 만다고 쓰고

꽃 진 자리마다엔 또 무엇이 있다고 써야 할까
살구가 달렸다고 써야 할까
복숭아가 달렸다고 써야 할까
그러니까 결실이 있을 것이라고
희망적으로 써야 할까

내 마음속에서
진 꽃자리엔
무엇이 있다고 써야 할까

다만
흘러가는 구름이 보이고
잎을 흔드는 바람이 가끔 오고
달이 뜨면
누군가 아이를 갖겠구나 혼자 그렇게
생각할 뿐이라고
그대로 써야 할까

2

꽃 진 자리에 나는
한 꽃 진 사람을 보내어
내게 편지를 쓰게 하네

다만
흘러가는 구름이 잘 보이고
잎을 흔드는 바람이 가끔 오고
그 바람에
뺨을 기대보기도 한다고

나는 오지도 않는 그 편지를
오래도록 앉아서
꽃 진 자리마다
애기들 눈동자를 읽듯
읽어내고 있네

저녁 산보

비로소 밀물이다
모래들은
한번 꾹 감았다 뜬 눈으로
밀물 허리를 안는다
물빛 속이나 엿보며 잔잔히
건너오는 바람들은
해당화 숲 깊은 곳으로만 들어가 긁히고
나는 내가 만든 말이나
스스로 엿들으며 가나
그게 무슨 내용인지
어느덧 눈(目)은
새파란 하늘을 깨뜨린
첫 별이다
저 구멍으로
내가 보고 싶은 얼굴들이나 줄줄이
찢고 나왔으면,
너무 빨리 들어차는
밀물이다

뱃고동 곁에서

나는
바람 자는 어느 날
마음에 간직한 뱃고동들을 풀어
해변에 닿았다

저렇듯 탄식을 작게 삭이는 방법이 있었다니
바다의 음정들을 훔쳐
가슴에 돌담을 쌓는다

소나무 나뭇가지 사이의 잔광(殘光)들
고유의 심장으로 생을 수군거리고
누구인가
지금 내 속의 이 해변을
길게
엿보고 있는 이

나인가?
나인가?

만(灣)

동지 지난 어느 날이다
고양이 눈같이 새파란 달이
떴다

말수 적은 어느 집 새색시의
조브장한 허리를 막 빠져나온 듯
맑은 달이다

귓전에 묶어놓은 썰물 소리들이
이 시린 자갈밭들을 씻어다가
올려놓은 것인가?

썰물 뒤의
긴 모래톱 걸어간
발자국 하나
또하나
나란히
안 보일 즈음
달은 지나
달은 지나

달은 자글자글하게 금이 간 채
나뭇가지에도 걸렸다

무인도를 지나며

사랑의 최종점,
사랑의 열락, 꽃봉오리, 타오름, 에
사람이 살지 않듯
아무도 없으나
그러나 저 사랑의 아슬아슬한 자세!

이 세상 모든
그리움이
새파란
물이 되어
옹립하는

사랑의 변주

봄빛 근처
—옛 공원에 와서

봄은 아직 일러 나뭇가지들은 내내 적막하고 나는 왜 이 공원에 앉아서 근처를 맴도는 바람결같이 침침한 눈으로 저 먼바다 기슭을 바라보는 것이냐.

지난겨울 내내 나는 무슨 뉘우칠 일이 많아 저 바다는 또한 내게 저토록 많은 빛을 모아 반짝이는 것이냐.

늑골 속에서 부— 뱃고동 소리 뽑아가는 저 물위의 신작로.

무엇이 그리 안타깝게 궁금해 저녁해는 자기 생각 깊이깊이 잠기는가.

잠겨…… 自己까지를 없애는가.

뻘밭에서

신발을 벗어 들고
뻘밭을 걸어간다.
앞선 발자국에
검게
물이 고였다.
그 가슴에도 저런
무늬가 있을까?
이번엔 발자국 곁에
무엇인가를 끌고 간 자국이다.
발자국 끊긴 데는
수평선.
오, 무엇을 끌고 갔을까?
무엇을 끌고 갔어야 했을까?
자꾸만 자꾸만
깊어진 발자국이,
어떤, 울음을 따라간 것만 같아
썰물아 이젠,
썰물 그만두고
빨리 오련.
빨리 와.
내 발자국도 자꾸 깊어져
수평선을 꼭 쥔다.

비 가득 머금은 먹구름떼 바라보는 할머니 눈매

불현듯
비 가득 머금은 먹구름떼 몰린다
일손 놓고, 넋 놓고
바라보는
할머니 눈매
위에 흰 돛배 하나 떠서
위태롭다

여기는 모두
선상(船上)이다

춤꾼 이야기

놀잇배 하나 맞추어 깊은 밤중에 썰물을 타고 덕적(德積)* 까지 내려가면서 나는 자월(紫月)** 앞쯤 이르러 스스로 검문받고 싶다. 홀딱 벗고 그 붉은 달 앞에서. 내 속에 도는 원무 잘 돌고 있나.

출항증 없이 몰래몰래 인천항 빠져나가 자월 앞쯤 이르러 나는 내 원무를 터서 구애하고 싶다. 가령 미간에 미지근히 남은 사랑 같은 것.

낭패 같은 것 터서

붉은 달에서 줄사다리를 타고 덕적 해변에 내려오는 저 춤꾼들.

*, ** 인천 앞바다의 섬.

5부

인연

어디서 봤더라
어디서 봤더라
오 그래,
네 젖은 눈 속 저 멀리
언덕도 넘어서
달빛들이
조심조심 하관하듯 손아귀를 풀어
내려놓은
그 길가에서
오 그래,
거기에서

파꽃이 피듯
파꽃이 피듯

팔뚝의 머리카락 자국 그대로
—아이

너에게
팔베개를 해주었다가
슬그머니 머리를 내려놓고 나와
무심히 바라본
팔뚝 위의 머리카락 자국!

그대로
아침 뜰에도
고요 이외의
어떤 머리카락 자국이
내내 맺혔다 스러지곤 하는데

진정 그 머리카락의 주인이 누구인지,
누구인지, 그 이치를
먼 훗날 깨우치는 날이 오면은
나도 그때에는
아버지가 되어도 좋았을 건데
마음에 눌러둔 여인네의, 하느님의, 온갖 부처의
애인이 되어도 좋았을 건데

가까이 와

초여름 이슬비는
이쯤 가까이 와
감꽃 떨어지는 감나무 그림자도
이쯤 가까이 와
가끔씩 어깨 부딪치며 천천히 걷는 연인들
바라보면 서로가 간절히
가까이 와
손 붙잡지 못해도
손이 손 뒤에 다가가다 멈추긴 해도
그 사이가
안 보이는 꽃이니, 드넓은 바다이니
휘어진 해변의 파도 소리
파도 소리

뉘우칠 일 있을 때 있더라도
새 연애는
꽃 진 자리에 초록이 밀리듯이 서로
가까이 좀 와
아무도 모르게
초여름 늦게 오는 저녁도
저녁 어둠이 훤하긴 하더라도
그 속에서 서로
이쯤 가까이 와

뻐꾸기 소리

깜빡
낮잠 깨어나
창호지에 우러나는 저 봉숭아 꽃빛같이
아무 생각 없이
창호지에 우러나는 저 꽃빛만 같이

사랑도 꼭 그만큼쯤에서
그 빛깔만 같이

파꽃이 하얗게 핀
—모자(母子)

파꽃이 하얗게 핀
여행이다
벌을 치는 사람 산기슭에서
밥을 끓이고
물을 많이 모은 강이
저녁빛을 무겁게 실었다
—이 근처에 고목이 있었는데
—분명 이 근처였는데
조그만 회오리바람이
지푸라기들을 몰고 지나가는
파꽃이 하얗게 핀
여행이다

벽에 걸린 연못

어느 저녁
연못을 떠다가 벽에 걸었다
거기 놀던 새들은 노는 채로
흔들리는 풀은 흔들리는 채로
풀 흔들고 간 바람은 흔들고 간 바람인 채로
벽에 걸렸다
풀이 눕고 그 위에
바람과 같이 우리가 눕던 자리는
저만큼이다
거기 머물던 적막은 그러나
이제 보니 다 적막은 아니다
못 보았던 샛길이 하나 막 어디론가 가고 있다
다시 얼기 시작하는 창이다

꿈 이야기

아침에 일어나니 얼굴이 부었다
주먹을 쥐니 손아귀가 뻣뻣하다
언뜻 지난밤의 꿈 생각이 스친다

뒤곁에 싸락눈들이 자욱이 쏟아지고 있었다
나는 처마밑에 서서 눈발들을 바라보고 있었다
아니, 바라보고 있는 내 모습이 보였다
(그때 나를 본 것은 누구인가?
나인가? 나 밖의 나인가?
꿈인가?)
그때 이런 문장이 떠올랐다
"싸락눈 허리를 싹둑 잘라다가
내 발목으로 삼아라"
왜 그런 꿈이 보였을까

활짝 핀 벚나무 밑을 지나니
가슴이 터질 것만 같다

새로 생긴 무덤

동네를 드나드는 길목 언덕에 무덤이 하나
새로 생겼습니다
뻘건 흙더미가 봉긋합니다
무덤 안에는 송장이 있을까요
송장 속에는 빈 들판이 있을까요
그 들판이 저물면 못 보던 별이
하나 더 떴을까요

어느덧 나는 그 들판을 가로질러
집에 닿았군요
집에 닿았군요

오명가명 그렇게 며칠을 지내자 나는
그 무덤 속에 송장이 있다기보다는
빈 들판이 있다고 믿는 편을 택했습니다

전에 못 보던 새가 한 마리 전선줄에 앉아
우는 모습을 보았을 때도 나는
그 마음속에
들판이나 길게 펼쳤으리라 보았습니다
들판 모퉁이에 풀꽃이나 몇몇 피었으리라 보았습니다

어느덧 내 눈에서 새가
날아갔군요

날아갔군요

그 새가 내 눈에서 보고 간 것은
무엇이었을까요
새로 생긴 이 불면이었을까요
아이가 깼군요

감꽃

감꽃이 피었다 지는 사이엔
이 세상에 와서 울음 없이 하루를 다 보낼 수 있는 사람이 있다고는 믿을 수가 없다

감꽃이 저렇게 무명빛인 것을 보면
지나가는 누구나
울음을 청하여올 것만 같다

감꽃이 피었다 지는 사이는 마당에
무명 차양을 늘인 셈이다
햇빛은 문밖에서 끝까지
숨죽이다 갈 뿐이다

햇빛이 오고
햇빛이 또 가고
그 오고가는 여정이
다는 아니어도 감꽃 아래서는
얼핏 보이는 때가 있다
일체가 다 설움을 건너가는
길이다

가을의 빛

누군가 울먹이며 지나갔는가
일개 소대의 코스모스들이 허리마다 올올이 바람을 감고 서서
이제 더 오래 못 서 있을 빛을 내내
빛내고 있었으니
이 빛깔들은 이후 어느 길목을 돌아
어디로 종종이며 흐를 것인가

그것이 눈물겨운 것은
앞치마를 두르고 저녁밥을 끓이고 있는
추억의 이마가 너무 푸르러서만이 아니라
내가 가는 길이
종내는 혼자서 저렇게 허리에 바람을 감는 길이라는
이 가을 속 조용한 손님의 말씀이 있었으니

누군가 엉엉 울고 갈 이가 있어서
또 그가 손목을 만지작이며 걸리는
작은 새끼들의 울음도 있어서
낮에 나온 달이 저렇듯 오랫동안 창백하게
이 근처에 머물고 있는 것은 아닌가
우두커니 오동나무도 한 주 서 있는 것은 아닌가

산길에서
—祝 시인 이솝의 결혼

산길을 걷는다
길은 지금
산모퉁이를 돌고 있다 길은
어디에서부터 내려오고 있는 것인가 길은
잠시 바위가 되었다가, 또는
솔 그늘이 되었다가
가여운 바람의 스산함이 되기도 하였다가
다시 간다

사랑은 아직 아무도 본 적 없으나 사랑은 저
길이 바위가 되었다가 다시 길이 되는
그 순간은 아니었을까 사랑은
저 솔 그늘이 되었다가
다시 길이 되어 이어지는
그 순간을 얘기하는 것은 아닐까

나는 바위에 귀를 대고 대답을 구해보기도 하고
나뭇가지에 긁힌 생채기에 대답을 구해보기도 한다
사랑은 이 길을 다 가보면 보이는 것인가
새가 와서 잠시 울다 간다

—부디 잘사시라
—메아리를 가진 산처럼 잘사시라
잠시 바위가 되었던, 솔 그늘이 되었던 길에 앉아서

바위에 귀를 달아주는 일처럼 담담히
잘사시라 생각하고 있다
나뭇잎들이 일러주는 대로 잘사시라

말들을 길어다
—모교에서

서울 남산의 산꼭대기 위에는
늘 푸른 몇몇의 별들이
수억만 년에 걸쳐서 살림을 살고 있고
맑은 날은
그들이 남산에게 눈 씀벅이며 해주는
은밀한 말들이
이곳 소나무들을 물들이기도 하였던 거다

남산의 속마음도 제가 듣는 그
반짝이는 이야기가 너무나도 좋아서
누군가에게 또다시 옮기고 싶어
조금씩 조금씩 참을성의 자세로
바뀌게 되었던 거다

꽃그늘만을 밟아왔다고나 할까
산울림을 한 수레 싣고
어딘가를 끊임없이 서성였다고나 할까
남산의 정령들이 한 기슭에서
더이상 참지 못하고 샘솟아 나오니

저 남산 위에 떠 있는 푸른 별에서부터
말들을 길어다,
말의 눈빛의 그 속 눈빛을 길어다,
세상의 마른 밭이랑에

부어주는 일이여

새의 자취

—너무나 이른 故 김소진. 문상에서 돌아와

나는 오늘
봄나무들 아래를 지나왔다
푸르고 생기에 찬 햇잎사귀들 사이로
바람은 천년의 기억 속을 들락거리고
나는 그곳을 지나
집으로 왔다

저녁 내내 나는
창문가를 서성거리고 있다
책꽂이 앞을 서성거리고 있다
먼 곳에
누군가를 떼어놓고 온 양 나는
그런 일도 없으면서
서성거리고 있다

아이 우는 소리가 들린다
갑자기 심장이 오그라지면서
나는 왠지
내가 지나온 그 나무들 위에
바람만이, 햇살들만이 그 새살 같은 잎들을
흔들고 있었다고는 생각할 수가 없다
그 속에
새가 한 마리 오랫동안
오랫동안

내가 그곳을 지나치는 동안에도
앉아 있었을 것이라는 생각이,
울음 없이
울음 없이 젖은 눈을 굴리면서
앉아 있었을 것이라는 생각이,
그런 생각이 명치를 적셔온다

새는
자기가 깃들었던 자리를 찾았던 것일지
새는
새는
그 찬란한 이파리들을
자기가 기르던 새끼들의
온갖 눈빛들이라고 생각하며
앉아 있었던 것일지

휙
바람 한번 지나면
온 찬란함이
아이 울음으로 뒤바뀌는
폭풍 같은 고요를
삼키는 나무
밑을
나는 지나온 것이다

미망(未忘)으로 길어지는
나무 그림자를
푸드덕 빠져나가는 새

새는 날아갔으나
여전히 그 자리에 있는 새

미명(未明)이 가깝도록 나는 그 언저리를
작은 숨결들과 함께
서성이고 있다

그믐

나를 만나면 자주
젖은 눈이 되곤 하던
네 새벽녘 댓돌 앞에

밤새 마당을 굴리고 있는
가랑잎 소리로서
머물러보다가
말갛게 사라지는
그믐달
처럼

문학동네포에지 044

젖은 눈

© 장석남 2022

1판 1쇄 발행 2009년 4월 20일 / 1판 2쇄 발행 2012년 11월 15일
2판 1쇄 발행 2022년 3월 31일

지은이 — 장석남
책임편집 — 김동휘
편집 — 김민정 유성원 송원경 김필균
표지 디자인 — 이기준 이현정
본문 디자인 — 이주영
마케팅 — 정민호 이숙재 김도윤 한민아 정진아 이가을 우상욱 박지영 정유선
브랜딩 — 함유지 함근아 김희숙 정승민
제작 — 강신은 김동욱 임현식
제작처 — 영신사

펴낸곳 — (주)문학동네
펴낸이 — 김소영
출판등록 — 1993년 10월 22일 제2003-000045호
주소 — 10881 경기도 파주시 회동길 210
전자우편 — editor@munhak.com
대표전화 — 031-955-8888 / 팩스 — 031-955-8855
문의전화 — 031-955-2696(마케팅), 031-955-8875(편집)
문학동네카페 — cafe.naver.com/mhdn
트위터 — @munhakdongne
북클럽문학동네 — bookclubmunhak.com

ISBN 978-89-546-7134-7 03810

— 이 책의 판권은 지은이와 문학동네에 있습니다. 이 책 내용의 전부 또는 일부를 재사용하려면 반드시 양측의 서면 동의를 받아야 합니다.
— 잘못된 책은 구입하신 서점에서 교환해드립니다.
기타 교환 문의 : 031-955-2661, 3580

www.munhak.com

문학동네